AF316329

SENTIMENS

D'UN SPECTATEUR FRANÇOIS,

SUR LA NOUVELLE TRAGEDIE

D'INES DE CASTRO.

OMME mon occupation eſt d'étudier les hommes, je recüeille attentivement leurs penſées ſur toutes les choſes qui attirent les yeux du Public, je remarque d'abord l'injuſtice de ceux qui ſe plaignent de la froideur du Siecle pour les belles Lettres. Il me ſemble que jamais le gouſt des Ouvrages d'eſprit, n'a été ſi generalement repandu.

La tranquillité étonnante dont la France joüit au dedans & au dehors, invite tous les particuliers à occuper leur loiſir par l'étude des beaux Arts. L'ignorance n'eſt plus chez les François un ſujet de vanité ; nous voyons beaucoup de jeunes gens preferer les talens de l'eſprit aux emportemens de la debauche, qui dans le Siecle paſſé faiſoit toute l'occupation de la jeuneſſe. Les Femmes ſont inſtruites, & pluſieurs vont aux Spectacles pour écouter les Pieces. S'il paroît un Livre nouveau, il eſt enlevé en un moment ; ſi

A

B 8.

on joüe une Piece nouvelle, on y court en foule; & si d'ordinaire ces Ouvrages qui attirent nôtre curiosité n'emportent qu'une approbation passagere, c'est qu'il y a plus d'empressement dans le Public, que de Talens dans les Auteurs, & que nous cherchons la perfection avec une avidité, que d'abord nous faisons grace aux Ouvrages les plus mediocres, dans lesquels nous voyons luire quelque éteincelle du feu qui anima les grands hommes du Siecle de Loüis XIV.

Si donc la mediocrité attire pour quelque temps nôtre attention, si les les Pieces de Theatre, qui ont été joüées depuis deux ou trois ans, n'ont point été mal reçûës, ne croyons pas que le Public soit sans discernement ; il perd bientôt son attention pour de tels Ouvrages, & garde une estime constante pour les vrayes beautez.

Dans toutes les Compagnies où je me suis trouvé, on parloit beaucoup de la nouvelle Tragedie d'Ines de Castro. J'ay remarqué sur tout plusieurs personnes de beaucoup d'esprit, qui étoient étonnées du succez de cet Ouvrage dans les representations ; pour moy je n'ay été étonné que de leur surprise.

J'ay disputé contre eux, & le Public ne sera pas faché de voir icy leurs raisons & les miennes. Je vais tacher d'exposer pourquoy ils meprisent cette Tragedie, & pourquoy elle est bien reçûë.

D'abord il me semble qu'il faut remettre aux yeux du Lecteur la conduite de la Tragedie d'Ines de Castro, parce que n'étant pas encore imprimée, la pluspart des personnes qui l'ont vûë, pourroient ne se pas souvenir exactement du détail de cet ouvrage.

Don Alphonse Roy de Portugal aprés avoir été long-temps en guerre avec le Roy de Castille, avoit fait avec luy une Paix glorieuse : il avoit épousé en secondes Nôces la Mere de ce Prince; & pour mieux affermir l'union des deux Couronnes, il avoit promis solemnellement par le Traité de Paix, que Don Pedre son Fils du premier lit épouseroit la Sœur du Roy de Castille ; cette Princesse s'appelloit Constance ; elle estoit Fille de cette même Reine de Castille, devenuë Femme de Don Alphonse, & elle étoit partie avec elle pour épouser l'Heritier du Royaume de Portugal.

Cette jeune Princesse en arrivant à la Cour de Lisbonne, ressentit une forte inclination pour l'Epoux qu'on luy destinoit ; mais elle eut la douleur de voir differer son Mariage : Le cœur de Don Pedre étoit engagé ailleurs. Une Guerre qui survint en ce temps-là contre les Maures, fournit un pretexte à ses delais ; son ambition servit de voile à l'indifference qu'il avoit pour Constance. il supplia son Pere de luy donner le Commandement de l'Armée d'Afrique : il vouloit, disoit-il, acquerir de la gloire avant de s'engager dans les liens du Mariage, & revenir de son expedition, plus digne de son Pere & de Constance.

Don Alphonse malgré le Traité fait avec la Castille, malgré le peu de raison d'en differer l'execution & malgré son exactitude scrupuleuse à garder sa parole, se laissa flechir aux prieres d'un Fils qu'il aimoit tendrement, & l'envoya à la tête de son Armée contre les Maures.

Don Pedre batit les Ennemis & revint bientôt en Portugal chargé des depoüilles de l'Afrique, comblé de gloire, adoré des Portugais & cheri de son Pere qui voyoit renaître en luy toute la splendeur de son Regne.

Le Roy de Castille envoya alors un Ambassadeur au Roy de Portugal pour le feliciter sur les Victoires de son Fils, & pour presser le Mariage de ce Prince.

C'est icy que commence l'action de la Tragedie d'Ines. Don Alphonse est étonné que son Fils ne se trouve point à l'Audience qu'il donne à cet Ambassadeur : C'est que ce jeune Prince craignoit la vûë d'un Ministre qui venoit demander l'execution d'un Traité, que ses engagemens secrets ne luy permettoient pas d'accomplir. La Reine de Portugal, Mere de la jeune Constance, avoit depuis long-temps remarqué la froideur de Don Pedre pour la Princesse. Cette Mere idolâtre de sa Fille, est peinte dans toute la Tragedie, comme une Femme pleine d'aigreur & d'emportement, regardant l'indifference du Prince, comme le plus grand de tous les crimes, ne parlant que de fer & de poison, & menaçant de tout perdre, si on n'épouse pas sa Fille. Cette Femme découvre au Roy son Mary la crainte que luy donnent les negligences de Don Pedre.

Enfin que feriez-vous, dit-elle, s'il resistoit ? Ah ! reprend le Roy avec colere.

Mon Fils, me resister ! juste Ciel, j'en fremis !
Mais bientôt le rebelle effaceroit le Fils.

Je ferais valoir, continue-t-il l'autorité de Pere.

& de Roy , & j'apprendrois à mes Peuples par
un chaſtiment exemplaire, que les ſujets qui
ſont le plus prés du Troſne , doivent être les plus
ſoûmis ; en un mot ce vieux Prince s'emporte en
menaces ſur la ſeule idée que ſon Fils pourroit
ne pas épouſer Conſtance. La Reine aprés avoir
échauffé la colere de ſon Mary par ſes ſoupçons,
prend à part une jeune Fille d'honneur nommée
Ines de Caſtro , l'Heroine de la Piece ; & luy
declare que c'eſt elle qu'elle ſoupçonne de dérol-
ber le cœur du Prince aux charmes de Conſtance ;
elle luy fait des menaces affreuſes dignes de l'emportement de ſon caractere. Ines épouvantée va
trouver Don Pedre , & luy conte en pleurant ſes
allarmes ; Don Pedre ſurpris de ce coup imprevû,
luy donne avec imprudence le conſeil de s'enfuir
de la Cour : mais Ines plus raiſonnable que luy
remontre que ſa fuite trahiroit leur intelligence,
qu'il vaut mieux demeurer , & ne ſe point voir
en public. Elle luy fait voir combien il importe
de ne point découvrir leur ſecret , & le Prince
aprés mille proteſtations d'un amour éternel, luy
jure de ne rien faire qui puiſſe déceler une union
ſi dangereuſe.

Cependant Don Alphonſe vient enfin preſſer
ſon Fils de dégager ſa promeſſe, & d'accomplir
un Mariage ſi long-temps differé ; le Prince re-
fuſe nettement d'obéir à ſon Pere ; le Roy en
fremit de colere, & la Reine deſeſperée de l'ou-
trage fait à ſa Fille , dit au Roy en preſence
d'Ines même , qu'Ines eſt la ſeule cauſe de ces
refus , & qu'elle eſt aimée de Don Pedre. La
Reine ne parloit que ſur de ſimples ſoupçons ;
Ines qu'on ne pouvoit convaincre , prend le ſeul

party raifonnable ; elle nie tout au Roy & à la Reine, mais Don Pedre, fans qu'on en puiffe fçavoir la raifon, avoüe tout, fans qu'on luy demande rien, & par là expofe la vie de fa chere Ines avec une imprudence, dont il n'y a point d'exemple.

A peine le Roy a-t-il entendu cet aveu fatal, qu'il met Ines prifonniere entre les mains de la Reine fa cruelle ennemie. Le malheureux Don Pedre, qui ne voit pas que c'eft fon imprudence impardonnable qui a facrifié Ines, s'emporte contre fon Pere avec encore plus d'imprudence, il le menace de toute la fureur d'un Amant qu'on defefpere, & fort de la prefence de fon Pere, en difant ces paroles.

Je fors, mais je crains bien de revenir coupable.

Le Roy Don Alphonfe, devenu en ce moment auffi imprudent que fon Fils, ne le fait point obferver aprés des paroles fi dangereufes, & un moment aprés il eft tout étonné que fon Fils force une des Portes du Palais pour enlever fa Maîtreffe ; il s'écrie, c'eft un malheur que je n'ay pû prevenir ny prevoir. Auffi-tôt il va luy-même combattre contre fon Fils & le punir de fon infolence ; fon Fils qui le voit venir, paffe heureufement par une autre porte, diffipe quelques Soldats qui la gardoient, & vient enfin l'Epée à la main pour enlever Ines.

Il fembloit alors qu'il n'y eut de falut pour ces Amans que dans la fuite : mais qui le croiroit ! Ines en ce moment ne reçoit fon Amant que le reproche à la bouche, elle ne l'accufe point d'avoir revelé son secret & de l'avoir perduë, elle luy fait un crime de vouloir la sauver, elle le nomme rebelle & parricide, luy dit qu'elle aime mieux mourir que de le suivre, & luy reproche, comme le plus énorme des attentats, de vouloir sauver la vie de sa Maitresse aux dépens de la sienne : pendant cette contestation singuliere, le Roy revient sur ses pas, & est assez surpris de voir son Fils tête-à-tête l'Epée à la main avec sa Maîtresse.

Don Alphonse commande à son Fils de rendre son Epée, & ordonne en même temps qu'on assemble le Conseil pour le juger. Mais avant ce jugement, il fait encore une tentative sur le cœur du Prince ; il luy demande pour la derniere fois s'il veut épouser Constance : Don Pedre persiste dans ses refus, & alors le Pere luy déclare qu'il n'y a plus de grace à esperer, & procede ainsi à la condamnation de son Fils, uniquement parce que ce Prince ne veut pas de Constance pour sa Femme.

On assemble les Grands, le Roy en pleurant leur demande leur avis ; le Conseil est composé de quatre personnes, de ces quatre il n'y en a que deux qui parlent ; ces deux Conseillers par une singularité bisarre s'étendent long temps sur leurs propres avantures avant de dire leurs avis, & melent indiscretement leurs interests particuliers à une affaire si considerable ; enfin l'un conclut à l'absolution de Don Pedre, & l'autre à la mort ; les deux autres ne disent mot, & surcela le Roy condamne son Fils ; il se compare en ce moment à Manlius & à Brutus, & s'écrie

C'eſt à vous, chers Sujets, que je le ſacrifie.

Dans le temps qu'il ſacrifie ainſi, à ce qu'il pretend, au bonheur de ſes Peuples un Prince, l'amour, l'eſperance & l'appuy de ſes Peuples même, un Fils tendre & reſpectueux qui n'avoit d'autre crime que d'avoir voulu enlever Ines; la Reine avec ſon aigreur ordinaire vient feliciter le Roy ſur cet Acte de Juſtice, & applaudir à cette étrange cruauté pretextée d'une obſervation rigoureuſe des Loix. Cependant Conſtance qui aime Don Pedre d'autant plus qu'elle n'en eſt point aimée, apprend avec ſurpriſe qu'on va couper la tête à ce Prince, parce qu'il ne veut point d'elle, elle cherche à obtenir ſa grace, dût-il vivre pour un autre : mais comment s'y prend-t'elle pour obtenir cette grace ? Il ſeroit naturel qu'elle allât elle-même parler au Roy ſon Beau-pere, ou du moins à la Reine ſa Mere, mais point ; c'eſt à Ines de Caſtro, c'eſt à ſa rivale qu'elle s'adreſſe. Ines demande en grace qu'on la faſſe paroître devant le Roy, elle l'obtient, & c'eſt elle qui entreprend de ſauver le Prince.

Il y avoit à ce que l'on ſuppoſe dans la Piece, une Loy en Portugal qui condamnoit à la mort toute Fille qui oſeroit ſeduire un Prince du Sang, & l'épouſer en ſecret. Le Roy avoit luy-même parlé de cette Loy à Ines de Caſtro, & luy avoit dit que ſi jamais elle pretendoit à épouſer ſon Fils, il luy feroit trancher la tête ſans miſericorde.

Malgré la juſte crainte que cette Loy devoit donner à Ines, elle fait voir au Roy deux petits

Enfans qu'elle a euë de Don Pedre, & luy avouë enfin qu'elle eſt ſa Femme. Voilà le crime conſommé, voilà le traitté fait avec la Caſtille rompu ſans reſſource, la parole du Roy violée, & Don Pedre plus coupable que jamais ; mais ce Roy qui par une rigueur feroce avoit condamné ſon Fils unique à perdre la tête, pour une bagatelle qui ne meritoit qu'une peine legere, ce même Roy qui puniſſoit un pretendu crime ſur un ſimple ſoupçon, le pardonne quand il eſt conſommé ; & attendry par la vûë de deux petits Enfans Heritiers malgré luy de ſon Royaume, il reçoit Ines en grace & oublie tout le paſſé.

A peine a-t'il accordé ce pardon ſi peu conforme à ſon caractere, qu'il prend des convulſions à Ines, & elle meurt empoiſonnée ſur le Theâtre, ſans qu'on s'informe de ceux qui luy ont donné le poiſon, & ſans qu'on diſe le moindre mot de Conſtance & de ſa Mere.

Voilà trés-exactement le ſujet & la conduite d'Ines de Caſtro. L'ordonnance de l'Ouvrage revoltoit tous les gens d'eſprit dont j'ay parlé ; ils ne pouvoient comprendre qu'on donnât pour une Tragedie, une Piece dont l'intrigue eſt la même que celle de la pluſpart des Farces du Theâtre. En effet diſent-ils, toutes nos petites Comedies nous repreſentent-elles autres choſes qu'un vieux Pere qui menace de desheriter ſon Fils, s'il n'épouſe la Femme qu'on luy deſtine, & qui à la fin de la Piece ſouſcrit à un Mariage clandeſtin ? D'ailleurs combien les caracteres de cette Piece ſont-ils peu ſoutenus ? Quelle rigueur & quelle foibleſſe, également à contre-temps dans le Roy Alphonſe ? Quelle imprudence dans

DonPedre? Qu'elle aigreur dans la Reine ? Quelle secheresse & quell inutilité dans le rolle de Constance ? Voilà comme ils parloient tous d'une commune voix : Ils ajoûtoient à cela la critique d'un nombre infini de pensées fausses ; mais ce qui leur déplaisoit davantage, c'étoit la diction & la versification.

Effectivement on est obligé de convenir que jamais Piece n'a été plus mal écrite. Comment donc continuoient-ils se peut-il faire qu'un tel ouvrage soit bien reçû du Public ? Comment les François qui ont devant les yeux les Tragedies de Mr. de Corneille & de Mr. de Racine, peuveut-ils écouter de semblables Pieces ?

Parmy ces Censeurs, il y en avoit un sur tout qui ne pouvoit digerer d'avoir entendu battre des mains à deux ou trois Vers de cette Piece, qui sont pris dans M. de Corneille, comme celuy-cy.

Vous parlez en Soldat, je dois agir en Roy.

Qui est dans le Cid mot à mot. Ils disoient, nous avons vû jouer le Cid, on n'a jamais battu des mains à ce Vers, quoyqu'il soit assez beau, parceque le Cid est plein de beautez éblouïssantes, devant lesquels ce Vers est éclipsé ; mais ce même Vers transporté dans une Piece mal écrite, devient une beauté remarquable, à peu prés comme un Diamant qu'on tireroit d'entre plusieurs Pierres precieuses, pour le faire briller parmy des morceaux de Verre.

J'écoutay tous ces raisonnemens avec beaucoup d'attention, & voicy à peu prés ce que je repondis.

Quand la Tragedie d'Ines auroit encore plus
de deffauts que vous ne luy en reprochez , vous
ne devriez pas trouver son succez étrange ; avant
de vous parler des beautez que l'on y trouve ,
remarquez d'abord qu'il est impossible ne n'être
point ému de la façon dont elle est representée.

Cette Piece est le triomphe de Baron ; jamais
cet Acteur depuis sa rentrée au Theâtre n'a representé de Role plus convenable au caractere
de sa declamation ; je ne crois pas qu'il ait jamais mieux joüé en sa vie ; j'ay reconnu en luy
le même Comedien qui fit verser tant de larmes
dans Tiridate & dans Regulus ; je me souviens
qu'alors il étoit maître du succez d'un ouvrage,
& que même il se donnoit quelquefois le plaisir
de reciter avec le plus d'énergie les Vers les plus
ridicules , & qu'il les faisoit toûjours applaudir
par le Parterre ; Temoin ce Vers du pauvre M.
de Campistron.

Il est comme à la vie un terme à la vertu.

Vous sçavez quelles acclamations il attira à ce
Vers tout impertinent qu'il est, vous avez d'ailleurs remarqué mille fois qu'il suffit d'un grand
emportement, quoyque mal placé, & d'un bel
éclat de voix pour exciter les battemens de mains ;
le Parterre est une machine, qui se remüe plûtôt
quand on la frappe bien fort, que quand on la
frappe avec justesse.

Mademoiselle Duclos a representé Ines avec
un patetique tendre & touchant, auquel il est
bien difficile de refuser des pleurs ; on luy re-

proche de crier un peu, mais c'est un deffaut quelquefois necessaire par les raisons que je viens de dire.

Mademoiselle le Couvreur à joüé le rolle de Constance avec dignité & delicatesse ; on l'accuse de s'abandonner de temps en temps à un peu de monotomie, & de n'estre pas toûjours aussi animée qu'on le desireroit. Effectivement elle ne joüe parfaitement que le endroits où le sentiment domine ; mais dans ces morceaux elle est audessus de tout ce que j'ay jamais entendu ; dans les rolles froids, elle est glacée, mais dans les rolles un peu touchans, elle remplit tous les cœurs d'une sensibilité dont on voit qu'elle même est penetrée : semblable à ces personnes qui sont toûjours embarassées dans la compagnie des sots, & qui n'ont d'esprit qu'avec les gens qui en ont.

Le jeu de Dufrene ne dépare pas la Piece, la vivacité de son action remüe les Spectateurs dejà prévenus par son air noble & aimable ; mais il faut avoüer qu'il pousse la vivacité trop loin ; il faut qu'il prenne un soin extreme de se moderer : quand il sera une fois le maître de son feu, j'ose repondre qu'il sera un Acteur admirable.

Je vous ai dit ce que je pense de ceux qui ont joüé les principaux personnages dans Ines, je vais maintenant vous rendre compte des beautez que je crois apartenir uniquement à l'Auteur.

Une seule chose qui sufit pour excuser les aplaudissement du Public ; c'est l'interest qui regne dans toute la piece. Mais comment dites vous, peut-on s'interesser à un ouvrage si rempli de défauts; il eſt bien aiſé de le comprendre, c'eſt que l'attention de l'Auditeur eſt toujours toute entiere atachée ſur Don Pedre & ſur Ines; l'intereſt que l'on prend à leur amour n'eſt partagé par aucun intereſt étranger; c'eſt un grand art dans une Tragedie de n'attirer les yeux que ſur un même objet, l'action languit quand elle eſt multipliée, elle n'eſt vive que lors qu'elle eſt ſimple, les défauts dont vous me parlés revoltent à la verité; mais ils n'ennuyent pas, & tous grands qu'ils ſont, ils ne diminuent en rien de cet intereſt qui fait toujours le ſuccez des Tragedies dans les repreſentations.

Convenez d'ailleurs qu'il y a dans la piece des traits brillants & pleins d'une belle morale, il vray que je ne conſeillerois pas à l'Auteur de faire Imprimer ſon Ouvrage, il auroit ſans doute le ſort de tant de Tragedies admirées ſur le Theâtre & ſiflées chez le Libraire. Pour oſer mettre aujourd'huy un Ouvrage de Poëſie ſous la preſſe, il faut ſçavoir faire des vers comme Mr Racine, & il faut avoüer que l'Auteur d'Ines à plus d'Eſprit que de talent pour la Poëſie; c'eſt un homme qui a de l'invention & qui écrit en proſe avec preciſion & juſteſſe. Mais il n'a jamais connu cette harmonie touchante, ce choix heureux de mots, cette élegance, en un mot cette beauté Poëtique, préſens que la nature fait ſi rarement, il a travaillé dans un art avec un inſtrument qui n'y étoit pas propre. L'Eſprit n'eſt rien ſans le genie, & le genie même encore ne produit guerre que d'heureux défauts quand il n'eſt pas ſecouru par une grande correction. Il semble que cet Auteur ait cherché à écrire beaucoup, plûtot qu'à bien écrire. Voilà la raison du mauvais succez de tant d'Ouvrages qu'il a donné au Public, son stile deshonore son esprit, & je suis veritablement faché de voir le même homme penser quelque fois si bien & écrire presque toujours si mal.

Il ne faut pas croire que l'harmonie & l'élegance soient inutiles à la Poësie comme le prétendent depuis peu certains baux esprits intereffez à le croire; si cela étoit la Poësie ne differeroit de la Prose que par la difficulté des rimes. L'Harmonie & nom la rime est essentielle aux vers, puisque tous les Peuples ne riment pas & que tous les Peuples veulent de l'Harmonie; il est honteux même d'estre obligé de refuter de pareilles absurditez.

Je conclus donc que les vers d'Ines sont durs & mal construits, que les expressions sont vicieuses & louches, que la conduite est pleine de défauts essentiels, que cependant la piece est interessante & qu'elle ne doit pas absolument son succez à l'action des Comediens qui la répresentent.

APPROBATION.

JE Soussigné, Maistre ès Arts en l'Université de Paris, ay lû par ordre de Monsieur le Lieutenant General de Police, un Manuscrit qui a pour titre *Sentimens d'un Spectateur François, sur la nouvelle Tragedie d'Ines de Castro*, dont

on peut permettre l'Impreſſion. A Paris ce 9.
Juillet 1723. PASSART.

Veu l'Approbation du Sieur Paſſart, permis
d'Imprimer, ce douze Juillet 1723. M. DE
VOYER D'ARGENSON.

www.ingramcontent.com/pod-product-compliance
Lightning Source LLC
LaVergne TN
LVHW050438060726
842526LV00007B/2658